GUANGXI NORMAL UNIVERSITY PRESS
广西师范大学出版社
·桂林·

虔十腰里总是系着一条绳子，笑呵呵地在树林和田野里走来走去。

他有时望着雨中青翠的灌木林，高兴得直眨巴眼；有时看见蓝天上自由飞翔的鹰，就欢呼雀跃，拍手向人们报信。

后来由于孩子们总是取笑他，虔十欢快的神色渐渐消失了。

可每当狂风呼啸、水青冈的叶子闪闪发亮时，虔十还是会高兴得不知如何是好。他强忍着兴奋的心情，拼命张开大嘴，呵呵地喘着气，来掩饰自己抑制不住的喜悦。虔十就这样一直站在那里，久久地仰望着那棵水青冈。

偶尔虔十会装作很痒的样子，一边用手指揉揉张开的嘴角，一边趁呼哧呼哧喘气之际偷偷发笑。

远远望过去，虔十的确像在挠嘴巴或者打哈欠，但走近了，就会听到他夹杂在喘息中的欢笑声，也可以看到他嘴唇在抽动，所以孩子们还是照样取笑他。

只要母亲吩咐，虔十就会去打来五百桶水。他还可以整天在田里锄草。可是虔十的父母从不叫他去干这些。

话说，虞十家后面有一块操场那么大的野地，一直没有翻土造田。

有一年，当山上还是银装素裹，原野上的青草还未发芽时，虞十突然来到正在翻地的家人面前，说：

『娘，我想买七百棵杉树苗。』

虞十娘停下手里闪光的三齿锄，看着虞十，说：

『七百棵杉树苗？种在哪里呀？』

『种在咱家后面的野地里。』

这时，虞十哥哥说话了：

『虞十，那里长不了杉树的。你还不如再去开垦一片荒地。』

虞十很难为情，扭扭捏捏地低下了头。

这时，虞十父亲在一旁一边擦汗，一边伸直腰板说：

『让他去买吧！虞十还从来没有要求过什么呢，让他去买吧。』

听了这话，虞十娘也宽心地笑了。

虞十高兴得立刻跑回了家。

回到家里，他从仓房里拿出一把铁锄头，吭哧吭哧地翻起草地，挖起种杉树苗的坑来了。

虞十哥哥跟着他跑回家来，见他在刨坑，就说：

『虞十，种杉树苗不翻土，光挖坑怎么行？等到明天，俺去给你买来树苗再干吧。』

虞十又不好意思地放下了铁锄头。

第二天，天气晴朗，雪山一闪一闪地放着白光，云雀在高空叽叽喳喳地叫个不休。虞十心急火燎地按照哥哥教给他的那样，欣喜地由北边开始翻土，挖种杉树苗的坑。他一行一行直直地挖，而且坑与坑之间的间隔极其标准。虞十哥哥则跟在后面一棵一棵地种树苗。

这时，在野地北边开出了一片农田的平二叼着烟袋，手揣在怀里，好像很冷一样缩着脖子朝这边走来。平二虽然也干点儿农活，但实际上他还干着一种令人讨厌的活计。

平二对虔十说：『哟，虔十，你想在这里种杉树呀，真是傻瓜。再说了，你会把俺田里的阳光都给遮住的。』

虔十臊红了脸，他想说什么，可是没说出来，扭扭捏捏，不知如何是好。

这时，虔十哥哥在远处直起身，喊了一声：『平二，早上好。』

于是，平二嘟嘟囔囔，又晃晃荡荡地走开了。

然而，嘲笑虔十在草甸子上种杉树的，绝非平二一个人。人们纷纷议论：『那种地方怎么能种杉树？地底下全是硬土，说他是傻瓜还真是傻瓜！』

事情果然不出人们所料。开始的五年里，碧绿的杉树树干拔地而起，可后来树梢变圆了，过了七八年，树也只有九尺高。

一天早晨，当虔十站在林子前面观望时，一个农民跟他开玩笑说：

『嘿，虔十，那些杉树不用剪枝吗？』

『怎么剪枝？』

『就是用砍刀将下面的树枝砍掉呀。』

『俺也应该砍吧！』

于是，虔十跑去拿来了一把砍刀。

他依次噼里啪啦地砍去杉树下端的树枝。由于杉树仅有九尺高，虔十不得不猫着腰钻到树下面去砍。

到了傍晚，每棵树只剩下三四根树枝，其余的全让虔十砍掉了。满地苍翠的树枝覆盖了丛生的杂草，那片小树林顿时显得空旷、豁亮了许多。

杉树林一下子变得冷冷清清了，虔十心里十分难受，心头不知被什么刺痛了一下。

这时，虞十哥哥刚好从田里回来，看着林子忍不住笑了。他快活地对站在一旁发愣的虞十说：

『哎，快把树枝捡起来，这是挺不错的柴火呀。林子也挺气派的！』

听了这话，虞十终于松了口气，他和哥哥一道钻到杉树下面，把砍落的树枝全都捡了起来。

树下的草丛低矮整齐，看上去就像仙人们在下围棋。

第二天，当虞十在仓房里挑拣被虫子啃了的大豆时，猛然听见林子那边传来一阵鼎沸的喧闹声。

号令声、学吹喇叭的声音、踏步声，一阵接着一阵，还有一片片欢笑声，好像整个林子里的鸟儿都腾空飞了起来。虞十吓了一跳，连忙跑过去察看。

他吃惊地发现，足足有五十多个放学回家的孩子排成一行，步调一致地走在那片杉树林里。

他们在杉树林里任意穿行，如同走在林荫道上。就连那些如同披着青衫的杉树也好像列成了一排排队伍在行进。孩子们那股高兴劲儿就别提了，他们满面红光，像一只只小伯劳鸟似的，欢叫着在杉树行列间行进。

很快，杉树间一条条过道被他们命名为『东京大街』『俄罗斯大街』，还有什么『西洋大街』。

虔十也抑制不住兴奋的心情，他悄悄躲在杉树这边，张着大嘴开心地笑了。

从此以后，那群孩子几乎每天都会过来。

只有下雨天他们才不会出现。

这一天，苍白柔和的天空哗啦啦地下起了大雨，虔十独自冒着瓢泼大雨站在林子外面，全身都被大雨淋透了。

『虔十，今天也来看林子啊？』一个穿蓑衣的过路人笑着对虔十说。

那片杉树林已经结出了棕色的果实，一颗颗晶莹清凉的雨珠从挺拔的绿色枝头滴滴答答地落下来。虔十张着大嘴呼呼地喘气，全身在雨中不断地冒着热气，可他仍然久久地站在那里。

一个浓雾笼罩的清晨，虔十在打草场上冷不防遇上了平二。

平二仔细环视了一下四周，然后就板着一副饿狼般令人讨厌的嘴脸，对虔十吼道：

『虔十，你赶快把那些杉树给我砍掉！』

『为什么？』

『把俺田里的阳光都遮住了。』

虔十一声不吭地低下了头。平二说他的田被阳光遮住了，其实杉树的影子才不过五寸长，而且杉树还能挡住南方吹来的强风。

『砍呀，砍呀。还不快砍掉！』

『俺就是不砍。』虔十抬起头，略带惧色地回答。他的嘴唇在痉挛，好像眼看就要哭出来一样。这是虔十平生唯一一次反抗别人。

平二觉得被老实巴交的虔十给耍了，突然怒气冲冲地伸出巴掌，抽了虔十一记耳光，接着又是一阵噼里啪啦的耳光。

虔十手捂着脸，默默地忍受着疼痛，只觉得周围一片发白，踉跄了一下，险些跌倒。这时，平二也有些害怕了，连忙背着手，大步流星地消失在浓雾中。

这年秋天，虔十染上伤寒死了。说来也巧，平二大约在十天前也患了同样的病死了。

那些孩子却不管这些，他们仍然每天聚集到林子里来。

长话短说。

这一年，这座村子通了铁路，在离虔十家五六百米的东边就有一个车站。各处建起了陶瓷厂和缫丝厂，周围很多农田用地上不断盖起了房屋。不知不觉这里已变成了城市。可是不知为什么，在那中间，唯有虔十的那片林子依然原封不动地保留了下来。杉树终于长到一丈高了，孩子们每天照旧都聚集到这里来。由于学校就建在附近，所以孩子们好像已经把那片林子和林子南面的草甸子当成他们自己操场的一部分了。

虔十的父亲已经白发苍苍。也难怪，虔十死了都快二十年了。

有一天，一位从这个村子出去后当上了美国某大学教授的年轻博士，时隔十五年又回到了故乡。

哪里还有昔日的农田和林子啊！城里的居民也大多是新来落户的人。

这一天，博士受小学校长的委托，在学校礼堂为大家讲述远方国度的事情。

讲演结束后，博士与校长等人一起来到操场，接着朝虔十的杉树林走去。

这时，博士突然惊奇地左端详右端详，最后自言自语道：

『啊，这里跟以前一模一样啊！树也没什么变化，就是反而好像变矮了。孩子们仍然来这里玩耍。啊，那里面会不会还有我和我过去的朋友呢？』

博士好像猛然醒悟了一样，面带笑容地问校长：

『这里现在是学校的操场吗？』

『不是，这里是对面那户人家的地皮。那家人毫不介意，任孩子们跑来玩耍，简直成了学校的附属操场。』

『真是不可思议呀！究竟是怎么回事？』

『这一带变成城市以后，大家都劝他们把这片林子卖了，可那家老人说这是虔十唯一的一件遗物，无论生活多么困难也不能撒手。』

『啊，对，我想起来了，想起来了！我们当时觉得那个叫虔十的人有点儿缺心眼。他总是笑呵呵的，每天就站在这里看着我们玩。听说这些杉树都是他种的。啊，真是很难说谁聪明谁愚蠢。只有十力的作用无所不在，真不可思议。这一带永远是孩子们美丽的公园。怎么样，这里就起名叫「虔十公园林」吧？而且永久保留？』

『真是个好主意！若能如此，孩子们不知该多幸福。』

一切如愿。

在草坪中间、孩子们的树林前面，立了一块刻着『虔十公园林』的橄榄岩石碑。

虔十公园林

这所学校过去的学生，现在已成为了不起的检察官或军官，以及在海外拥有小农场的庄园主，他们纷纷给学校寄来了贺信，还捐了款。

虔十家里的人高兴得热泪盈眶。

从此，虔十公园林那壮观的苍翠和清爽的气息，以及夏日的阴凉与月光下的草坪，不知给多少人讲述了何谓真正的幸福。

杉树林还和虔十在的时候一样，每逢雨天，晶莹冰凉的水珠就会滴滴答答地落在低矮整齐的草丛上；每当阳光灿烂的时候，杉树又会爽朗地喷吐清新的空气。

虔十公园林
Qianshi Gongyuanlin

出 品 人：柳 漾
项目主管：石诗瑶
策划编辑：柳 漾
责任编辑：陈诗艺
助理编辑：石诗瑶
责任美编：李 坤
责任技编：李春林

虔十公園林
Kenjû kôenrin
Text by Kenji Miyazawa

图书在版编目（CIP）数据

虔十公园林／（日）宫泽贤治著；（日）伊藤亘绘；周龙梅，彭懿译．一桂林：广西师范大学出版社，2018.11
（魔法象．图画书王国）
书名原文：Kenjû kôenrin
ISBN 978-7-5598-0980-3

Ⅰ．①虔… Ⅱ．①宫…②伊…③周…④彭… Ⅲ．①儿童故事－图画故事－日本－现代 Ⅳ．① I313.85

中国版本图书馆 CIP 数据核字（2018）第 133212 号

广西师范大学出版社出版发行
（广西桂林市五里店路 9 号 邮政编码：541004
网址：http://www.bbtpress.com）
出版人：张艺兵
全国新华书店经销
北京盛通印刷股份有限公司印刷
（北京经济技术开发区经海三路 18 号 邮政编码：100176）
开本：889 mm × 990 mm 1/12
印张：$3\frac{8}{12}$ 插页：32 字数：75 千字
2018 年 11 月第 1 版 2018 年 11 月第 1 次印刷
定价：42. 80 元